잭과 잃어버린
시간

잭과 잃어버린 시간

제1판 제1쇄 발행일 2019년 8월 9일

글쓴이·스테파니 라푸앵트 | 그린이·델피 코테-라크루아 | 옮긴이·이효숙

펴낸이·곽혜영 | 주간·오석균 | 편집·최혜기 | 디자인·소미화 | 마케팅·권상국 | 관리·이용일, 김경숙

펴낸곳·도서출판 산하 / 등록번호·제300-1988-22호
주소·03169 서울특별시 종로구 사직로 8길 21-2. 402호(내자동 서라벌빌딩), 대한민국
전화·(02)730-2680(대표) / 팩스·(02)730-2687
홈페이지·www.sanha.co.kr / 전자우편·sanha83@empas.com

Jack et le temps perdu

Copyright © Editions XYZ, Montreal 2018
Korean edition published in agreement with Koja Agency through Eric Yang Agency.

ISBN 978-89-7650-520-0 44860
ISBN 978-89-7650-400-5 (세트)

* 이 도서의 국립중앙도서관 출판시도서목록(CIP)은 e-CIP 홈페이지(http://www.nl.go.kr/ecip)와
  국가자료공동목록시스템(http://www.nl.go.kr/kolisvet)에서 이용하실 수 있습니다.(CIP제어번호:CIP2019028086)
* 이 책의 내용은 역자와 출판사의 동의 없이 사용할 수 없습니다.

잭과 잃어버린 시간

스테파니 라푸맹트 글
델피 코테-라크루아 그림
이효숙 옮김

"가끔 머리를 들고 나의 형제인 바다를 다정스럽게 바라본다. 바다는 끝이 없어 보이지만, 모든 곳에서 자신의 한계와 마주친다. 그런 까닭에 바다는 이토록 격렬하고 소란스러운 게 아닐까."

로맹 가리, 《새벽의 약속》

"바다에 도전하는 자는 자신의 영혼을 잃게 될 것이다."

허먼 멜빌, 《모비 딕》

사건이 별로 없는
이 이야기의 영감을 준
질르에게

잭은 평생을 배에서 보냈다.

잭은 확신이 너무 강해서
절대로
(비상 상황은 예외겠지만)

자기 배에서 내릴 생각이 없었다.

잭은 야채 기르는 법도 배웠다.

당근
무
감자
순무

잭은
자기 배에서
무엇이든 다 길렀다.
(해가 쨍쨍 내리쪼이니까.)

정말이지
잭은 부족한 게 없었다.

빠진 게 있다면,
그건 바로

곁에 있는 사람.

외롭다고 느낄 때면
(저녁마다)
담배 파이프를 입에 물고
책을 읽곤 했다.

그런데 자꾸만 외롭다고 느껴져서
(저녁마다)
담배 파이프를 입에 물고
책을 읽곤 했다.

아주 많이.

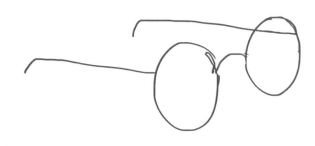

잭은 모든 것에 대해
읽었다.
아무것도 아닌 것까지

다 읽었다.

그리하여
세상에는 더도 덜도 아닌
아홉 종류의 여우가 있다는 사실을
알게 되었다.

어느 날 밤엔
이렇게 중얼거리기도 했다.
내가 가장 좋아하는 여우는
북극여우라고.

까닭은 모르겠지만.

작은 진짜 통나무집을
짓는 방법도 배웠다.
모든 것을 다 가르쳐 주는
책 덕분이었다.

건장한 남자 둘이서
두 달이면 지을 수 있는
그런 집이었다.

어느 날은 밤하늘을 바라보며
이렇게 중얼거리기도 했다.
내가 살 통나무집은
혼자서도
한 달 반이면
지을 수 있을 거라고.

까닭은 모르겠지만.

잭이 마음속에 무엇을 품고 있는지
세상의 어느 누구도
알지 못했다.

그래서 모두
두루뭉술한 결론을 내렸다.

잭에 대해 굳이 알고 싶은 사람에겐
선장은 선장인데……
라고 말을 흐리면서.

다른 선장들과는 달랐다는 얘기다.

대부분 선장들이
관심 갖는 거라곤

끝없이 펼쳐진 하늘과
저녁노을,
최신형 닻과
크고 작은 그물들뿐이었다.

하지만
잭은 그런 것엔 전혀 관심이 없었다.

물고기에도 관심이 없었다.
그것이 어떤 종류라도.

그래서 웬만한 물고기가
그물에 걸리면
바다에 놓아 주었다.
잡자마자 곧바로.

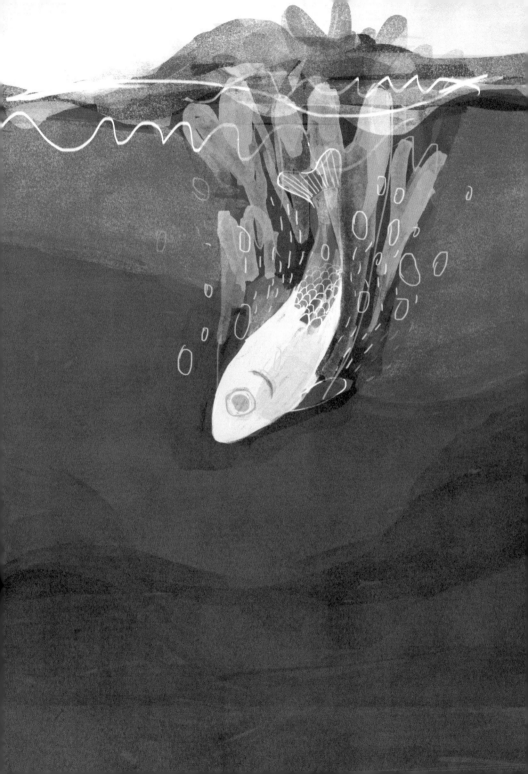

뒷말하기 좋아하는 사람들은
잭이 미쳤다고
흉보기도 했다.

하지만 그들은
틀렸다.

잭은
미치지 않았으니까.

늘
한 가지만
골똘히 생각하고 있었다고나 할까.

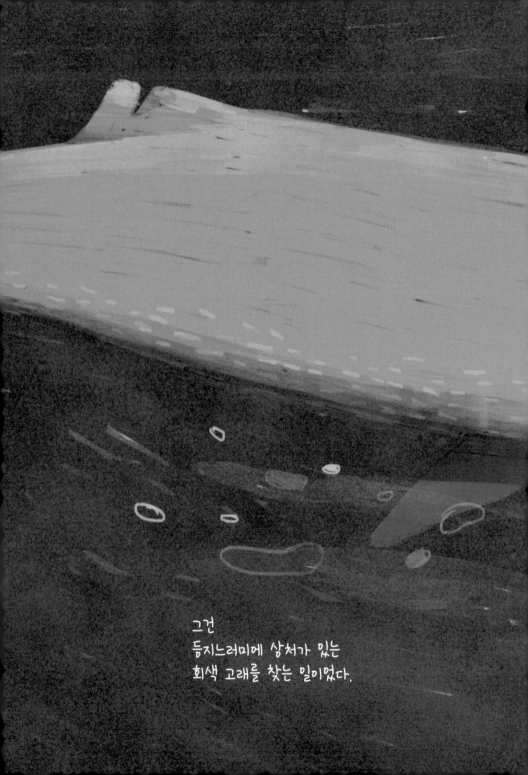

그건
등지느러미에 상처가 있는
회색 고래를 찾는 일이었다.

적어도 백오십 살쯤 된
어마어마하게 큰
고래를.

두고두고
잭은 다른 어부들의 웃음거리였다.

틈만 나면
그들은
잭을 비웃고 조롱했다.

- 여, 대단한 어부가 납시었네!
- 이보게, 오늘도 대어를 낚았나?
- 어이, 그 고래는 언제 잡을 건가?

호호호!
하하하!

비가 먹수같이 퍼붓던
그날까지도
그들은 비웃었다.

비가 너무 많이 내려

집들과
마당뿐만 아니라
마을 곳곳을

휩쓸고 간 그날까지도.

어부들과 마을 사람들은
잭에게 애원했다.
너무너무 배가 고프니

(마침 닻이 망가져서
잭이 마을에 와 있었다.)

잡은 물고기들을
바다에 도로 놓아 주지 말라고.

먹수같이 비가 쏟아져도
끄떡없이 자라는
채소와 과일들을
나누어 달라고.

(까닭은 모르겠지만)
잭의 배에는
햇볕이 쨍쨍 내리쬐고 있었다.

하지만 잭은 거절했다.

채소와 과일들이 없다면
자기도 그들처럼
뭍에서 살아야 한다는 걸
알고 있었으니까.

그러면
등지느러미에 상처가 있는 회색 고래를
찾을 수 없을 테니까.

굶주린 마을 사람들은
잭에게
불같이 화를 냈다.

잭은 배로 돌아가기 위해
걸음아 날 살려라, 뛰어야 했다.
자기에게 날아오는 것들을
피하기 위해.

막대기,
우산,
빗자루 따위를.

닻을 올리면서
잭은 깨달았다.
다시는 뭍에 내리지 못하고

이제부터는
바다에서만

떠돌아야 한다는 것을.

누구나 길을 잃을 수 있다.
바다에서도
뭍에서도
하늘에서도.

너무 시끌벅적해도
너무 조용해도
길을 잃을 수 있다.

누구나 길을 잃을 수 있다.
어디에서나.

하지만 분명한 것은,
작은 배 위에서
길을 잃었다는 사실이다.

작은
자신을 잃어버린 것이다.

너무 무뚝뚝하고 퉁명스러워서
모두가 싫어하는
뱃사람이 되기 전만 해도

잭은 너무너무 순한 사람이었다.
오늘날엔 찾기 힘들 만큼.

그때는
사람들이 이렇게 말했다.

잭은 행복의 조건을
모두 갖추고 있다고.

잭에게는
아주 예쁜 아내와

(수염만 빼면)
자기를 꼭 닮은
아들이 있었다.
자기 목숨보다도 소중한

그런 아들이었다.

머디를 가든
잭은 자기 아들 질로를
데리고 다녔다.

어디를 가든 꼭.

하지만
그의 삶이 완전히 뒤바뀌는 순간이
왔으니…….

어느 날 새벽이었다.

잭의 배는
짙은 안개 속을
헤매고 있었다.

잭이 눈을 뜨고
사방을 두리번거리는데,
뱃길로가 보이지 않았다.

질로가
사라졌다!

잭은 혼란스러웠다.
어떻게 이런 일이 일어나지?
이렇게 감쪽같이 사라지는 건
불가능해.

더구나 내 배에서......

그 순간,
발밑이 쿨렁쿨렁하더니
배가 번쩍 들리는 것 같았다.

너무 순식간의 일이라서
어떤 말도
어떤 행동도 할 수 없었다.

잭은 20미터 정도
솟구쳐 올랐다.

하늘 높이.

평생 처음이자 마지막으로
잭은 날았다.

언제, 어디로 떨어질지
생각할 겨를도 없이.

평생 처음이자
(어쩌면) 마지막으로
잭은 보았다.

등지느러미에 상처가 있는
회색 고래를.

무섭고
어지럽고
소름이 쫙 끼치면서도

잭은 두 눈으로 똑똑히 보았다.

고래의 입속으로 들어가는
질로를.

고래가 꿀떡 삼키고 있는
아들 질로를.

거대한 짐승이 밀으키는
거센 물결에 쓸리면서도
작은
추위도 아픔도
느끼지 못했다.

고래가 멀어져 가자,
작은 몸부림치며

부르짖었다.

내 아들 내놔라! 네가 감히 내 아들을!
반드시 너를 찾고 말 테다!

그러나 고래는 질로를

돌려주지 않았다.

보름이 넘도록
밤낮으로
배 위에서
사방을 둘러보았지만,

칠로는
어디에도 보이지 않았다.

잭은
아내를 떠올렸다.

집으로 돌아가서
모든 것을 말할 것인지,
아니면
바다에 남아
영영 입을 다물 것인지
스스로에게 물으면서.

마침내
열여섯째 밤에
잭은 결심했다.

돌아가지 않기로.

질로를
찾지 못한다면.

이런 사연 때문에
잭이 사랑하던 여인의 가슴은
완전한 침묵 속에서

찢어지고 만 것이다.

여름, 봄, 가을, 그리고 겨울……
숱한 계절이
지나갔다.

하지만
잭은
등지느러미에 상처가 있는 회색 고래를
보지 못했다.

심장 하나가 감당하기엔

증오와 원한과
절망이 너무 컸다.

누구라도
마찬가지였을 것이다.

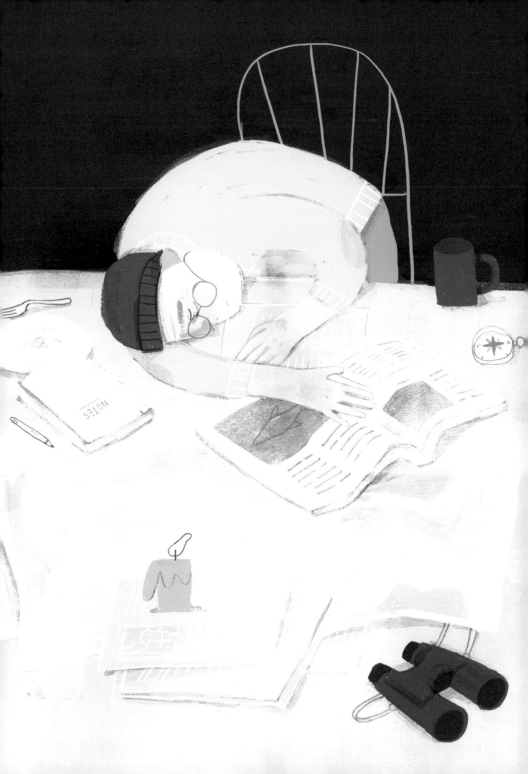

잭은
변화를 원하는 사람이
아니었다.

하지만 잭은 변했다.

여름, 봄, 가을, 그리고 겨울……
스쳐 지나가는 계절들이
그를

다른 사람으로
바꿔 놓았다.

머리가 허옇게 세고
심술궂어지고
침울하고

추해 보였다.

알아볼 수 없을 만큼.

다른 날들과
별다를 게 없던
어느 날 저녁,

마침내
잭은 보았다.
배 주위를
살살 맴돌고 있는 녀석을.

맞아, 그놈이야!
등지느러미에 상처가 있는
회색 고래!

일 초도 망설이지 않고
작은 몸을 던졌다.

있는 힘을 다해
휙!

그토록 찾아 헤매던
고래의 입속으로.

어찌어찌하여
고래 배 속으로 들어가 보니,
젤로가
거기에 있었다.

꾀죄죄하고 처량한 모습으로
우두커니.
젤로는 살아 있었다.

"누구세요? 여기서 뭐 하는 거예요?"
"얘야, 나다! 아빠다!"

젤로가 잭에게 다가오더니,
손가락으로
얼굴을
하나하나 더듬었다.

"이럴 리가 없어. 아빠는 이런 눈이 아니야.
이렇게 슬프고 찌푸린 눈이 아니라고요.
아빠는 아주…… 멋진 분이에요.
가세요, 제발!"

어떤 말도
어떤 행동도 할
겨를이 없었다.

이곳에서도 쫓겨나게 되다니!

잭은
꼼짝할 수도 없었다.

그러다가
손가락으로
자기 얼굴을
더듬어 보았다.

'이게 누구 얼굴이지?'
　'이런, 내 거잖아.'
'거칠고 굵은 피부는 누구 거지?'
　'이런, 내 거잖아.'

작은 몸을 일으켜
뒤로 한 걸음 물러섰다.
한 걸음,
또 한 걸음.

아주 멀리 가 버릴 수만 있다면!
이렇게 영원히 사라질 수만 있다면!

하지만 그렇게 쉽게
떠날 수는 없었다.

잭은 천천히 발걸음을 옮겼다.
그래도 뒤에 남는 것이 있었으니,
그것은

견디기 힘든
고통의 흔적과

다 포기한 듯하면서도
미련이 남은 마음이었다.

바로 그때,

(까닭은 모르겠지만)
질로가 큰 소리로 외쳤다.

어찌어찌하여
잭과 질로가
고래 배 속에서
빠져나올 수 있었는지는

아무도 모른다.

하지만 분명한 것은
잭이 너무 많은 시간을
잃어버렸다는 사실이다.

이젠
어떤 것도
전과 같지 않았다.

잭은 깨달았다.

배를 부두에 대고
길에서 마주치는 사람들에게 묻다가,

자신이 사랑하던 여인이
어디로 간 것인지 묻다가.

만나는 사람마다
똑같은
대답을 했다.

속이 텅 빈 듯한
퀭한 눈으로,

착 가라앉은
우울한 말투로.

불쌍한 그 여인은
갈기갈기 찢긴 마음을 안고
당신을 찾으러
바다로
떠났답니다.

당신을 자기 손으로
데려오지 않고는

다시는 뭍을 밟지 않으리라
다짐하면서요.

글쓴이 · 스테파니 라푸앵트

캐나다 퀘벡주에서 태어났으며, 지금은 캐나다와 프랑스를 오가며 가수, 배우, 작가로 다채로운 활동을 하고 있습니다. '케어 캐나다(CARE CANADA)' 재단 및 유니세프와 함께 일하면서, 이름을 감추고 아프리카 수단의 다르푸르 망명자 수용소에서 머물기도 했습니다. 《할아버지와 달》을 써서 2017년 '캐나다연방 총독상'을 받았으며, 지금은 《파니 클루티에》 시리즈를 쓰고 있습니다.

그린이 · 멜피 코테-라크부아

캐나다 퀘벡주에서 태어났으며, 지금은 일러스트레이터이자 그래픽디자이너로 일하고 있습니다. 선과 형태를 효과적으로 사용하여 간결하면서도 생생한 배경과 인물의 섬세한 심리를 잘 표현하며, 독자를 이야기 속으로 끌어들이는 능력이 뛰어나다는 평가를 받고 있습니다.

옮긴이 · 이효숙

연세대학교 불어불문학과를 졸업하고, 프랑스 파리4대학(파리-소르본)에서 프랑스 문학으로 석사와 박사 학위를 받았습니다. 그동안 《숨어 산 아이》《지구인 사용설명서》《왜 병에 걸릴까요?》《사니크》《등대》《80일간의 세계 일주》 등의 책을 우리말로 옮겼습니다.